ON AIR

我們一起，填滿愛的空白格

나의 빈칸을 채워줄래요？

裴城太 著

這裡面的故事，

就是你們每一個人的故事。

在繽紛圖畫中，

填上專屬於你們的獨家記憶吧！

DJ grim_b

ON AIR

清晨RADIO

我們的起點

在陽光灑落的客廳裡，
今天的我和你，做些什麼好呢？

填入你的心裡話吧！

Today's Story
Andy Lee

女友和我最喜歡躺在地板上耍廢了～壓力大時一起躺在家裡滾來滾去，就會覺得超級抒壓。
不過，我現在正在美國留學，無法見到女友……實在好想念和她躺在地板上聊天的時光喔。

小時候不明白，長大才懂無所事事的悠閒是多麼奢華的享受！成天漫無目的、什麼都不做……那段只要看著對方就滿足的時光，經常在我腦海浮現。希望你也能早日重啟那段兩人能夠一起分享每一刻的日子。

穿上衣櫃裡早已磨破的衣服，悠哉躺著打滾，

肚子餓了就打開冰箱，看到什麼吃什麼，

心裡依然感到好踏實、好溫暖。

就像今天這樣，

和你度過一整天的那些日子。

看到他半夢半醒的臉龐，
想對他說些什麼呢？

填入你的心裡話吧！

![Today's Story knitbi]

Today's Story
knitbi

我們家的貓咪名字叫作「老爺」和「小不點」，最喜歡把人當成枕頭或床單那樣肆意亂咬一陣，再當成床舖睡在上面，被「貓壓床」已經是家常便飯了（科科）

我們是一對愛情長跑8年的情侶，也是貓孩子們的床，雖然常被壓到四肢快抽筋，但也不算什麼大困擾啦，甚至還有一點點上癮呢！孩子們躺在我身上時，實在不忍心趕走牠們，尤其最近天氣冷，孩子們的體溫就像暖暖包一樣熱呼呼的，舒服得不知不覺就會睡著。假日沒有出門時，被選中的執事就得進入「在床上動彈不得一整天」模式。

看到您的圖就好想趕快下班，回家看我的孩子們喔！感謝您總是分享如此溫暖可愛的故事。

老婆跟我說，我們的大女兒Mango每到早晨就會在我身邊繞來繞去，如果我翻身，她也會馬上跟過來盯著我看，一副「爸爸不起床嗎？」的表情。過一會兒，如果我睜開眼睛，她會立刻跑過來趴在我的胸口，要我摸摸她、呼喚她的名字；要是我故意假裝不醒，她會用刺刺的舌頭舔我的臉，那時就實在不得不起床了。二女兒Cherry則會在我的腳邊用屁股不斷磨蹭撒嬌。

要早起上班的老婆每次都一邊化妝、一邊看著我們三個在那邊甜蜜蜜的溫存，忍不住感嘆：「啊！我也好想像Mango和Cherry一樣天天打滾喔！」

呼躂躂～妳急急忙忙出門上班，

哐啷啷～同時傳來一陣東西掉落的聲響，

然後，我們家又回歸安靜空蕩。

還記得那個人身上的香氣嗎？

哈～欠

Today's Story
Lamibo

我算是對香味比較敏感的人，在瑞士生活時認識的男友用的柔軟精香味，我到現在都還記得，好喜歡那種即使不噴其他香水也很溫暖的香氣。

突然想到，我們總是一起去挑柔軟精，我先回國時，男友還買了柔軟精當作禮物送我呢。

我以前有一個喜歡的人，我很著迷於她身上的香氣，甚至曾經想過：人的身上怎麼會有那麼好聞的香味啊？

後來我和那個人結了婚、一起生活後才知道，柔軟精幫了很大的忙啊，呵呵。

和戀人分手後，

最想念的就是彼此的氣息了。

與你的相遇，總是瀰漫著香氣。

愛你，已成為我的日常。

填入你的心裡話吧！

Today's Story
曹正和

希望能談一場不要忘記最初的心動與激動的戀愛，即使對彼此再熟悉也不會改變。

因為彼此越來越熟悉，有時會不小心忘記一些珍貴的小事——這就是戀愛的陷阱。隨著在一起的時間越來越久，偶爾也會感到膩煩，但明明沒有愛情時是如此渴望啊！懂得在一起的時光多麼可貴的人，一定能擁有一場美麗的戀愛吧。

所有的一切，

都取決於自己的心。

你今天最帥了♥

填入你的心裡話吧！

Today's Story
湯姆貓與傑利鼠

看到這張圖，就想到男友來家裡拜訪父母的那天。在送他回家的路上，男友還沉浸在之前的緊張裡，久久無法回神。看著他「靈魂出竅」的恍神表情，覺得這樣的男友實在太可愛了！

記得我和老婆一起去拜見岳父、岳母，請他們准許我們結婚時，都不曉得有多緊張呢！看到你們的故事，又想起當時的我們了。

你真的超帥！

以後也要一直一直都這麼帥氣唷。

一起展開新的一天吧，
好嗎？

Today's Story
金熙妍

我們是一對新婚剛滿19天的夫妻，一看到這張圖就覺得和我們夫妻倆的感覺好像，就鼓起勇氣來分享我們的故事。

我還是個醫大生，老公是軍人，兩人平常都十分忙碌，而且我還得準備各種考試，根本沒時間精力打理家務。

在我們家，都要準備2個鬧鐘：一個是老公專用，他會先起床；另一個則會在20分鐘後響起，是負責叫醒我的。每次我起床後，就會發現老公連早餐都準備好了，自己什麼也不用幫忙做，只要睜開眼睛坐下，就可以吃早餐了呢。

哇！居然才剛新婚未滿1個月啊，我已經結婚1年了，雖然比你們久一些，卻完全沒發現時間過得這麼快啊……充滿心動感的新婚生活如何？是妳一直嚮往的生活嗎？新婚愉快，祝福你們能永遠像新婚般甜蜜唷～呵呵。

和最最喜歡的人一起

度過每個早晨

坐在一起吃第一頓飯

那樣的早晨

光想像都興奮不已

妳是世界上最輕、最瘦的！

填入你的心裡話吧！

Today's Story
尹賢書

喜歡運動的老公每天都會去健身房報到，有時候在家等他等得很無聊，想催他快點回家，就會自告奮勇當他的「伏地挺身練習器」。每次坐在他背上問：「很重吧？」老公都會裝作一點也不重的樣子，其實都可以從他的眼神中看出真相啦，哈哈！

這張圖和老公平常的模樣很像！啊，不過我們沒有養貓，是養狗狗喔！

我也曾著迷健身一段時間，還認真到照三餐吃雞胸肉鍛鍊，那大概是我人生中身材最「凹凸有致」的時期了，那時老婆也會當我的「伏地挺身練習器」。但婚後3個月左右吧，我健壯的手臂和緊實腹肌不知不覺居然全都變平了！成為老婆最愛偷捏的柔軟肥肉……

每天運動成習慣時還不知道，原來就算長出小腹、手臂變肥，深愛我的人也不會介意。我覺得，現在的模樣更好。

奧麗薇

為了妳

我想一直當卜派！

有在超市吵過架嗎？

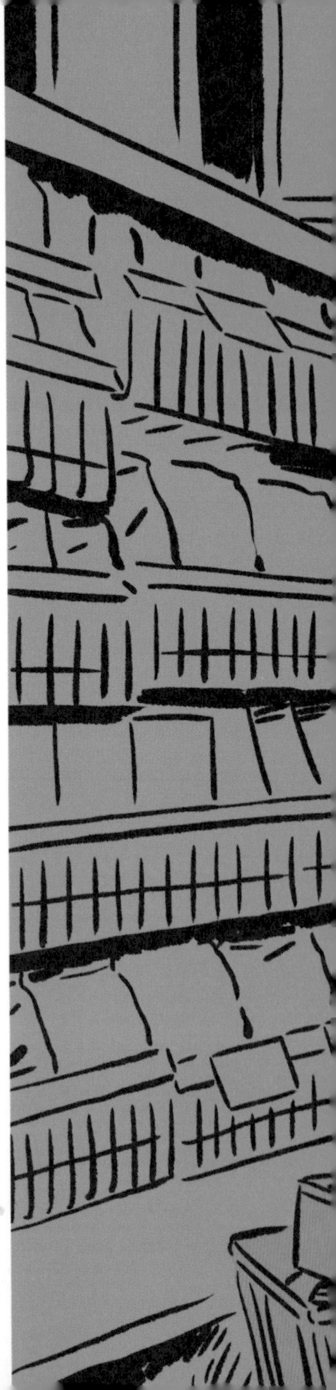

填入你的心裡話吧！

Today's Story
果實

一看到這張圖，就想到了我與男友。
我很喜歡和男友一起逛超市，但我男友不太喜歡。去超市前雖然都會先想好要買的東西，到了超市難免就開始東逛西逛，看到這個也覺得要買、看到那個也想買……男友每次都一副受不了我的無奈表情。
但我還是最喜歡下班後和男友一起吃晚飯、逛超市了，現在也忍不住想，等下要約男友一起去超市。

不是說只要
買香蕉嗎？
但買了這個又
覺得應該要買
那個，還有那個
也該買嘛……

DJ
grim_b

呵呵，看到這故事真是十分、超級、有夠感同身受！
我發現，就算決定好今天就只買這個而已，拿個小籃子進去逛一圈，沒多久就會拿著裝得滿滿的籃子回來換成大推車！我也很喜歡逛超市買菜，也會約老婆一起去。每次跟老婆說：「下班後就來超市找我。」但老婆永遠會在我差不多都買好後才出現，手上只拿著兩包洋芋片。

今天晚餐吃什麼？

一直看、一直看著，都還是會想念的——你。

填入你的心裡話吧！

Today's Story
李寶藍

我的男友是航海士，每次一上船都要6到10個月後才能回來，這段時間當然也無法見到面，只能孤單的各自生活。交往到現在是第122天，但男友待在船上的日子足足有109天，見到面的時間才13天。明明正是甜蜜蜜的熱戀期，卻無法陪在我身邊，男友心裡感到很抱歉，但其實，我從個性比我更成熟的男友身上學到很多，也充分感受到不用欣羨他人、滿滿的愛。所以總會安慰他：「沒關係啦，這樣的戀愛我覺得也很甜蜜、很不錯啊！」
一個人離開家人、朋友、戀人，獨自在茫茫大海上漂泊，期間連陸地都無法踏一下。我想給最近不停出入港口工作、連覺都無法睡的男友一個特別驚喜，對話框裡寫的就是男友上船前一天我們的對話。
不只我的男友，也要祝福悠遊大海的航海士們安全航行，加油喔！

地球是圓的，所以現在妳望著的天空，也和對方望著的天空相連唷。雖然不能面對面看著彼此的臉說話、擁抱，但想念對方的心意一定可以像圓圓的地球以及相連的天空一樣，準確傳達到彼此心中。

即使見不到面，

但我們是彼此堅定的港口，

等待你安穩的停泊。

欸，從背後抱抱我嘛。

Today's Story
張孝廷

我們是一對交往2年的情侶。我個人很喜歡男友從背後抱我，但太害羞，到現在都不敢告訴他，所以每當我躺著背對他時，他都會有點不開心。
要是這次的故事分享能夠中選，我要把這張圖文拿給他看，誠實的向他訴說我的小小心願！

心情好時的擁抱雖然不錯，但在心情不好時能獲得一個擁抱，感覺應該更深刻吧。「今天也要繼續加油喔！」我將內心的想法化為從背後的一個堅實擁抱，再怎麼冰封的心也會漸漸融化的，而當她面帶微笑的轉過身來，我也會不知不覺跟著嘴角上揚。

抱著對方

就能漸漸卸下心防的我，

終於明白——

我不再需要爭奪任何東西。

喜歡喝咖啡嗎？

Cafe
Today

Today's Story
Jiny

我的男友會在任何意想不到的時刻、毫不吝惜的稱讚我。

某次我幫男友點了「加3顆冰塊的熱美式」，因為剛做好的熱咖啡很燙口、無法馬上喝，所以我要男友相信我的點法。他喝了一口後，發現果然是剛剛好的溫度，還露出驚嘆的表情。

我得意的說：「如何～馬上喝的溫度也剛好吧？放冰塊這招很厲害吧？這樣的女朋友哪裡找啊～」男友頻頻點頭稱讚，我的女友果然最厲害了！看到男友的樣子，實在感恩又感動。

後來只要男友點熱美式，我就會得意的補充：「還要加3顆冰塊喔！」看到這張圖就想起這件事，更謝謝男友了^^

以後要讓男友更常稱讚我才行！

即使是成熟的大人也喜歡被稱讚的，就像期待得到一個大拇哥的孩子，我們也經常對心愛的人說一句「你好棒」、「做得好」吧！

不會太熱、

也不會太冷，

剛剛好的溫暖，

是屬於你和我的溫度。

和你分別時，
該說些什麼好呢？

Today's Story
zhrtkf***

以前男友家和我家距離很近，交往的一年期間幾乎天天可以見面，直到男友的公司搬到比較遠的地方後，變成一週只能見一次。我們雖然覺得思念很煎熬，卻也必須開始學習與思念共處，過程當然很艱辛，也曾因小誤會爭吵。

某個讓人心情低落、雪下得很大的冬天，到了晚上還下起傾盆大雨。那天我們從早到晚寸步不離的相處了12個小時，結束約會要分開時，實在好捨不得，我勉強擠出笑容說「掰掰」後上了車。男友直到我的巴士轉彎前，都一直站在雨雪中朝我揮手。看到他的模樣，我在車上偷偷哭了……為什麼這段時間都沒感受到他的不捨……後來我問他，那麼冷怎麼還站在雨雪中，他說「看著我就覺得溫暖了，一點都不冷」。

我感受到男友滿滿的愛。

我和老婆交往時，到了必須道別的大田站時也都超級捨不得。第一次，我們隔著火車車窗厚厚的透明玻璃，聽不到彼此說話，只能猜測嘴型是在說什麼，兩人都非常傷心；第二次分別，火車出發時，老婆的表情好像在笑又好像在哭，還追著火車跑。這種分離無論過幾年都難以習慣，每次離開前我也總是叮嚀她別再追著火車跑。現在雖然不用再面對那種分別的時刻，但有時火車停靠大田時，都會想起這段往事。

越接近分離的時刻，

心也越來越戀戀不捨。

曾經只用一句話，
就讓她心頭小鹿亂撞嗎？

Today's Story
miok***

其實我要分享的故事跟男友無關（因為我沒有男友！），而是幾天前爸爸和我的對話。
我平常習慣穿幾件薄衣服就出門，那天有點擔心晚上會變冷，但仍是只穿幾件薄衣服就跑出去。因為爸爸爽快的跟我説別擔心，會去接我。在那瞬間，我都心動了！
爸爸比世界上所有男人都帥氣啊！爸爸，我愛你 >.<（要常常出來接女兒喔～）

我爸有著慶尚道男人獨特的冷淡生硬，性格很堅毅，沒想到最近常流露出一些少女感性！即使內心充滿愛意，卻不知道如何表達，而且總是表情僵硬。每次我要回老家，他都會問：「搭什麼？幾點？知道了。」一到老家的車站，就看到他來接我，看來是在擔心早就超過30歲的兒子。
「老爸，不來接我也沒關係，幹嘛跑出來啊？」
「回來啦，快上車，天氣冷。」
希望我的爸爸永遠健健康康！

誰能比爸爸更可靠帥氣呢？

我也能成為那樣的爸爸嗎？

應該很不容易，

要更努力才行！

剪刀　石頭　布

Today's Story
Holaelena

我們是一對相差6歲的情侶，我是大學生，他是研究生。因為兩人都是學生，也都住學校附近，常常直接在校園約會。只要在校園中散步時遇到階梯，我們就會玩剪刀石頭布，正如這張圖中的場景！氣人的是，男友總是比我前面，老是猜輸已經很不爽了，看到男友與我的距離越來越遠，我更傷心，最後終於忍不住垮下臉來，這時男友才會開著玩笑跑來安慰我。
這條每天都會經過、熟悉的路，很幸運的能夠每天和男友一起走，一點也不覺得膩。明年就要一起畢業了，希望能在畢業前一起創造更多珍貴回憶！

我想起以前和老婆一起去龍山玩射擊遊戲的事。我在當兵時學過使用槍枝，因此開始前還擺出一副大前輩的模樣指導老婆，還給她打分數。雖然只是好玩的友誼賽，忍不住也產生了勝負欲，很認真的射擊。沒想到第一次玩、槍法生疏的老婆，分數居然漸漸趕過了我！射到手指的地方大概得了100分、靶心大概200分，居然糊里糊塗的就贏了，哈哈。
當然我也是有讓她啦，不過自尊心還是有小小受傷……看來最近要再去玩一次了！

就算一點都不特別，

只要和你一起玩，

就是世上最有趣的遊戲。

只想一直一直這樣。

Today's Story
咚

我和男友是校園情侶，我是大學新鮮人、男友是學長，交往不到半年就穿上了膠鞋和軍靴*，現在我終於穿上了花鞋，他成為現役軍人，踏入第3年的遠距離戀愛。
我們談戀愛的期間和他去軍隊的時間幾乎重疊，相處時間實在不多，當然現在也因為打工、學業，能見面的機會比想像少，但只要能擠出一點點時間相處都很開心！就算只有一下下，也想黏在一起，渴望有他相伴。
現在的相處最讓我熟悉、安心，最喜歡躺在男友的膝蓋上，雖然男友總是擔心我會不舒服，每次都問，要不要幫我拿枕頭，哈。

* 註：韓國稱呼當兵的男生為「軍靴」，女友為「膠鞋」。當男友順利退伍、兩人撐過遠距離戀愛，便會形容女生「穿上了花鞋」。花鞋以前是新娘穿的鞋子，有祝福的含意。

20代是我人生中最難以形容的時期了，大學生活、當兵2年、退伍後踏入社會……啊，我還結了婚。我畢業後才與老婆相遇，所以我20代的諸多時刻：當兵、大學新鮮人、大學生活，都沒有老婆參與的身影。
雖然分享故事的妳無法常常和男友相聚，但以後回想男友那2年的軍隊生活，一定會喚醒當時的回憶；想起興奮純真的大學新鮮人時期，也會浮現男友當時的模樣吧。就像我老婆年輕時活潑可愛的樣子，都只有她的同學朋友們看過，我未能參與其中，實在很可惜……啊～真羨慕你們呢。

越熟悉對方，

就對彼此感到越安心，

再沒有比這更特別的了。

辛勞過後，就會有好事發生吧？

Today's Story
瑟琪

我們是交往剛超過200天的熱戀情侶，哈哈！
我和男友是辦公室戀情，所以很了解男友工作有多辛苦。因為心疼他，就想幫他按摩，但最後都因為太怕癢——失敗！不然就是突然耳朵和臉變超紅——失敗！我是在幫你放鬆按摩！不要想奇怪的事情！:b

我們是結婚剛超過500天的火熱新婚夫妻，哈哈！
老婆和我的工作都很常用到腰，每當結束一天的工作後，就會幫彼此揉揉腰。每次老婆用力按我的腰，很奇怪的，心跳也像反作用力一樣更用力的跳！所以妳男友的心情我十分了解，哈哈哈哈！

按摩雖然也不錯，

但最能讓我消除一整天疲勞的，

是你我心有靈犀的一句關心。

曾經深深望向彼此的雙眼嗎？

Today's Story
Jeonghun Yeom

去年冬天休假時，男友和我待在家裡玩。要出門前，我看男友穿的衣服太單薄，就幫他圍上我的黑色格紋圍巾，男友先快速瞄了我一眼，又偷偷盯著我看好久，還發出乾咳聲，好像非常害羞。

沒想到第二天要出門時，居然自己默默拿來圍巾說：「妳不幫我圍圍巾嗎？」哈，真可愛！第一次幫他圍圍巾時沒多想，這次意識到男友的視線，害我不知不覺的小鹿亂撞，兩人之間竄出奇妙的電流……明明也沒什麼身體接觸，只因彼此的目光就心跳加速了……

下次幫他圍圍巾或打領帶時，要是雙手繞到他脖子後面抱住，一定會很浪漫～

平常生活太忙碌瑣碎，很少有餘裕好好與對方來點眼神交流。其實並不是真的沒有時間，而是在繁忙中忘了人生也需要療癒的時刻。方法其實很簡單，現在就立刻深情望向身邊的他，看著他的雙眼……會感受到「滋——」的一股電流喔！

來玩「對望遊戲」吧！;b

一起望向同一片天空。

填入你的心裡話吧！

Today's Story
朴佳妍

我是「膠鞋」，男友是5級一等兵，入伍即將滿千日了。

我與男友讀同一所高中、大學，他去當兵後，我感到身邊空出了好大一個空位。他在新兵訓練所、完全無法聯繫的5週裡，我變得十分脆弱、愛哭，心情低落。即使現在寫下這些文字，還覺得歷歷在目。

我的男友比誰都帥氣的在執行這項國民義務，與前後輩相處得很好、認真運動、用心的生活。雖然每天都會通電話，但他總是在關心我的近況，也絕對不會忘了說妳好棒，好愛妳，好想妳。

看到這張圖，就想到他剛入伍時寄給我的信：「我看到月亮就會想起妳，雖然很累很辛苦，但我們還是能望著同一片天空，同一個月亮。也許這不算什麼，卻成為我最大的安慰。因為妳喜歡看月亮，所以我也傻傻跟著看，我倆總有一天會成為滿月的，一定要忍耐喔！不過，我真是想妳想得快發瘋了。」男友在信的最後畫上了一個月亮，我今天格外的想念他。

在當兵的2年中，即使無法見面仍要相信彼此，還要去理解對方那陌生的生活，雙方一定非常努力，也都有所犧牲，還會面臨很多辛苦和傷心的時刻。但那對彼此迫切的思念，一定會傳達到對方心中。

今天也和你一起，

看著同一片天空的月亮。

我愛你。

Today's Story
Bo Kyung Shin

我和外國男友正在遠距離戀愛中。我們各自從自己的家鄉到外國留學，在當地交往2年後，隨著我的留學生活結束而展開了遠距離。

分別那天在去機場的路上，我告訴自己絕對不能哭，但check in時他說了「我愛你」，辦好手續出關前，我們擁抱得難分難捨，他不停的說「我愛你」，我終於忍不住落下淚來……

未來我們會變成怎樣誰也不知道，他非常愛我、在很多方面是我很感激的人，我對他的愛也不會改變，無須言語形容。

直到最後，我們都用力的記住彼此；直到最後，我們會更用力傳達對彼此的愛。

「我愛你」如果隨便就說出口，好像就會削減了這句話代表的份量，所以我們說「我愛你」時總是懷抱慎重、珍貴的心意，也因此更難宣之於口。

他對妳說了那麼多次「我愛你」，每一句、每一句都是滿滿的真心。雖然兩人之間存在著現實上難以克服的距離，但那時的心意一定能消弭所有距離，產生讓彼此更堅定深刻的力量。

說

你愛我

特別的開始，特別的新年。

填入你的心裡話吧！

Today's Story
權藝真

今年男友和我一起邁入了30歲，以前我們老愛跟周圍的人宣告放棄結婚、也認為幹嘛要談戀愛，雖然彼此喜歡卻無法提起勇氣，讓身邊很多朋友為我們乾著急。幸虧男友最後先主動向我走近了一步，我們的感情才終於開花結果。

昨天我生病去了急診室，病中虛弱的我很脆弱，感到害怕、不安，但男友一直在身邊陪著我，真是個可靠的存在。他就像家人一樣，自然的為兩隻手臂都被點滴占領的我脫下鞋襪，我毫無修飾的素顏完全展現在他面前，無論好事、壞事都一起分擔。

簽用藥同意書時，醫生問我們的關係要怎麼填寫？我只好回答：「我們還沒結婚……」最後錯失了能以保護者名義簽同意書的機會，也因此讓我們萌生快點成為對方法定代理人的念頭。

不知不覺就30了，其實我們現在過得還是很辛苦，健康、工作、存款都不甚如意，即便如此，仍想像現在這樣牽緊彼此的手，只看著對方，一起腳踏實地的生活。希望可以在明年年終時，一起談論著「距離我們結婚的日子沒剩多久了呢」，一起迎接下一個新年。

去年，我老婆也曾經去急診室報到。雖然不是什麼大病，只是不小心吃到導致過敏的食物才會凌晨緊急送醫。當時我在表格上填了「保護者」，感覺居然比去提交結婚申請書時還讓我印象深刻——啊，這個人是我的妻子，我們已經成為了彼此得以依靠也必須守護的人呢。

雖然寫上名字就可以了，但「保護者」三個字，意外的讓我心跳加速。

讓我

永遠守護你

好嗎？

曾經有過嗎？
在茫茫人海中，
卻只看見他的那瞬間。

Today's Story
Rachel

老公和我正在美國留學，之前一起去參加位於阿布奎克的熱氣球嘉年華。那是全世界規模最大的熱氣球慶典，從我們住的地方到那邊需要開8小時的車，抵達時都已經半夜了，我們只能匆匆補眠幾小時，清晨5點又得起床。因為實在太累，我根本懶得化妝或梳頭，而且當地比想像中冷，也不能穿什麼漂亮衣服，於是隨便套上件帽T就出發了。
明明應該要拍很多照片的，明明是一生必去的難得景點，但照片中的我看起來實在好醜。
我傷心的向老公抱怨：「我好醜喔～怎麼辦……」
一向心胸寬大的老公卻說：「在我眼中妳最美，別擔心了，我們多拍一些漂亮的照片吧。」當然照片現在看來還是很讓人失望……可是一看到這些照片，也會想起那天老公對我說的話。

每天早上我醒來第一件事，就是先看向老婆。前一晚睡得翻天覆地，頭髮亂蓬蓬的，那模樣實在太可愛了，這不就是住在一起的人才能看見的模樣嗎？:b

因為這是專屬於我的風景。

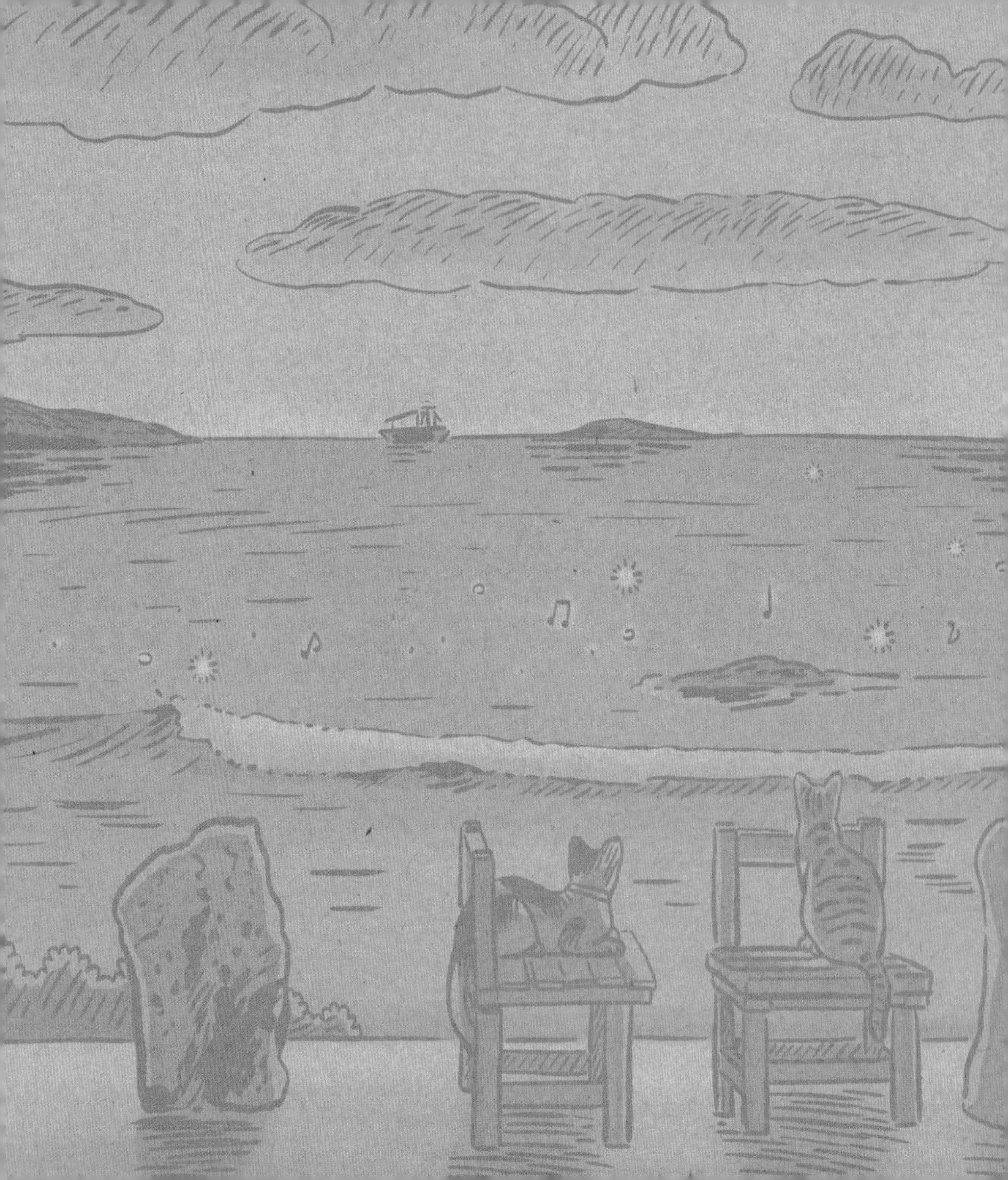

正午 RADIO

每個忙碌充實的時光，都有你在

我們一起生活好不好？

Today's Story
金心雅

經過說長不長、說短不短的2年戀愛後，我先向他求婚了。
我和他原本一直都是兄妹般的關係，很久之後才晉升為戀人，所以說出「我們結婚吧」這種話時，氣氛實在不怎麼浪漫。那是為了慶祝交往兩周年，一起去曼谷旅行。我們手拿著啤酒、欣賞著夕陽，不知怎的，那句話就冒出口了：「我們結婚吧！」現在已經是老公的男友一臉理所當然的表情回答：「這是個很好的idea！」雖然不是什麼特別的求婚，但在只有彼此的地方，用屬於我倆的方式約定終生，更令人印象深刻。
下個月就是我們的婚禮了唷！

橘紅色夕陽照射下，啜飲著金黃色啤酒，在屬於你的地方求婚，實在很犯規啊！
能夠一起朝同個方向前進，無論是期待眼前的事物或盼望未來的每一刻，都是十分帥氣又特別的事呢。這本書出版時，你們大概也正在享受幸福的新婚生活吧！
這次的「填滿愛的空白格」是與樂團「MeloMance」合作，獲得相當熱烈的迴響。MeloMance團員們，請對中選的金心雅小姐說句話吧！

就像你們用屬於自己的方式完成了浪漫的求婚，未來也要繼續用只屬於彼此、獨一無二的愛，幸福的度過喔！

你是我渴望的光。

只要你的一句話，
我就能變得更加耀眼。

Today's Story
趙妍貞

我喜歡的那些漂亮鞋子、漂亮衣服，總有不適合我的時候，每當那時，男友還是會說看起來非常適合我。聽到他這麼說，就會覺得自己全身都在發光般——那是被愛的感覺吧^^

我們有時會吝於稱讚自己珍愛的人，總認為「已經很常說了啊」、「我的心意對方都懂吧」，但是真心對所愛的人說一句稱讚，也許就能為那一天增添更多笑容，產生更巨大的勇氣和幸福的動力。
快對我施展能讓我變得更閃亮動人的魔法吧！

你的每一句稱讚

是能讓我撐過一整天的

維他命

曾向某個人
默默借出自己的肩膀嗎？

Today's Story
知妍

自尊感降低時，會感到我的四面八方都豎起高牆，不斷朝我壓迫而來。這時，男友總是給予我很大的力量。
現在男友正在準備就業，十分辛苦忙碌，我也想在他身邊為他加油，讓他知道即使前方看來充滿了不確定，但只要我們一起面對，就能戰勝一切。

我就好像被這面牆壁給堵死了一樣……
看看你身邊，我會一直在這裡唷。

DJ
grim_b

通常我們只看得見拉馬車的馬兒，卻沒注意到馬兒戴著的眼罩。有時會覺得我就像那些馬兒一樣戴上了眼罩，根本沒空去注意身旁發生的事，連坐下來休息一會的時間都沒有。而老婆就是那個會幫我脫下眼罩的人。
她總是在我全速奔跑時提醒我稍微停下腳步，躺下來看看天空的雲朵，放鬆一下。多虧有她，讓「幸福」兩個字之於我不只是一個詞彙，而是能用全身心去體會的事。
要是以後我們有了小孩，我要從小就教育他享受幸福的方法，有他媽媽在，我們的孩子一定也會擁有這種才能。希望我們的孩子能夠盡情的享受這個世界 :)

是你教會了我

如何適時喘口氣，

再沒有比這更強大的愛了。

最喜歡妳素顏了。

Today's Story
崔瑟琪

我們是經歷了500天遠距離戀愛的情侶，平常只有週末能一起度過。
我在皮膚美容診所上班，平時就很注重皮膚保養，習慣在睡前敷面膜，很常敷著敷著就睡著了。雖然大素顏又敷面膜的醜樣實在有點害羞，但只要敷上面膜、躺在男友身旁，我就好像吃了安眠藥一樣會立馬入睡。因此男友就是像在軍隊輪班站哨一樣，幫我注意敷面膜的時間。
這張圖讓我想起了男友幫我check時間的樣子。

我老婆也很愛在睡前敷面膜，總是敷著敷著就睡到不醒人事！看到累得連道自己什麼時候睡著都不知道的老婆，真是可愛又心疼。面膜不能敷太久，大概15分鐘就得拿掉，但睡在旁邊的我也常常眼睛一閉上，再睜開時已經是早上了，呵呵。每當這時就會聽到老婆慘叫：「啊～～又敷到睡著了！真是要瘋了！」這是我們家很常見的早晨風景。^^

每當我問：「怎麼越變越漂亮了，到底是想給誰看啊？」

妳都回答：「還有誰？當然是你囉！」

這是我們的愛情小劇場。

無論你做什麼，我都會永遠站在你這邊，
一直為你加油。

填入你的心裡話吧！

Today's Story
Yogurt

你好，我們是一對20代情侶！歐巴正在準備下半年的公開招聘就職，十分忙碌，為了寫自傳還認真做了許多筆記。但他不讓我看他寫的自傳故事和個人理想等內容，好像覺得很尷尬害羞。雖然我不是非常好奇或非看不可，但看他難為情的笑著説下次再給妳看，就覺得歐巴實在好可愛，三不五時就故意要求他給我看。
幾天前終於放榜了，歐巴的努力獲得了好的結果！他一邊查詢最終合格名單，手還微微發抖的樣子讓我印象深刻。希望這張圖能成為祝賀歐巴合格的禮物，填上我們的故事。

我也曾經歷過那種時期，心情不斷在擔憂與激動之間擺盪，一邊引頸期盼，卻又強自按捺、假裝不在意，還曾在結果發表那天去拜了從沒信過的神。
我曾經懷抱著彷彿快爆炸般緊張熱切的心，但一切在收到「落選」訊息的那一刻降至冰點；也曾經在看到「合格」兩個字時，沉重的心臟就像從地底猛的蹦到最高點。
畢竟很努力的度過了那些辛苦的時期，在緊張的按下按鍵時，能在眼前跳出「恭喜合格！」這個畫面，真是太好了！

我們無時無刻都在發著光喔，

卻看不到自己身上耀眼的光芒。

你知道嗎？

燃燒熱情而閃亮的你，

看起來帥呆了！

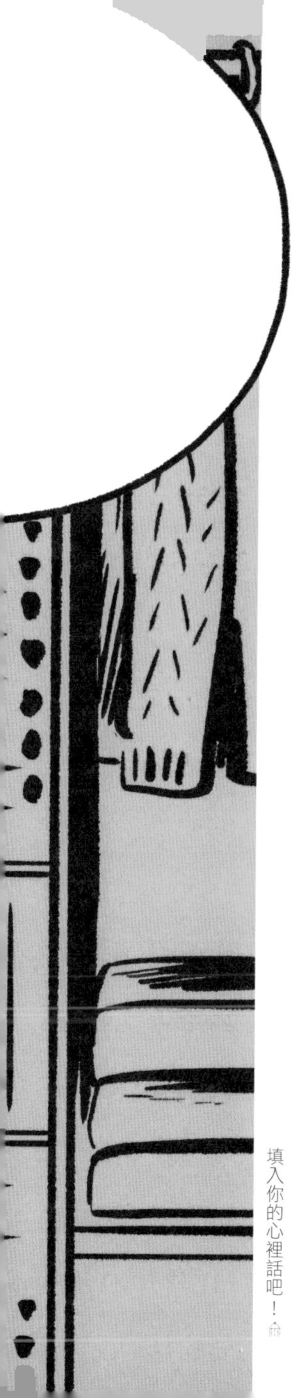

我們以後會變成什麼模樣？

填入你的心裡話吧！

Today's Story
珉櫻

我們原本是認識超過10年、關係很好的前後輩，某天突然成為戀人後，現在已經是結婚3年的夫妻了。
直到現在，我們還是會在一些日常小事上再度體認到我們是夫妻時，覺得有趣又神奇。不知道什麼時候，這種偶爾會冒出的奇異感才會消失，只能說，人的緣分真是奇妙啊。

我也常在早上老婆出門上班後，總覺得哪裡怪怪的，忍不住懷疑我們是真的結婚了嗎？我是什麼時候結的婚啊？
戀愛時我也都是在家工作，婚後的生活模式其實也都一樣，要說有什麼不同，那就是每天晚上老婆會回到我在的地方——我們的家。
呀呼！我們結婚了！

現在不用一到晚上，

就開始煩惱快要分別了呢。

對方不在身邊時，
就會特別想念吧？

CLIMB A SUBAFK MOUNTAIN

Today's Story
盧赫

女友總是比我早起，每天早上睜開眼睛，我身邊的位置總是空蕩蕩的，女友不是在沖澡、就是在打掃屋子或做其他事。我常常開玩笑說，以後結了婚住在一起，既看不到妳出門上班，也很難迎接妳下班回家了吧。等到真的結婚後，看到她不在床上的空位置，一定會更想念她的。

老婆很愛睡覺，所以我有很多機會可以盯著老婆的睡顏，就算偷偷戳她幾下都不會有反應，如果叫她的名字，她會邊睡邊「嗯？」的回應然後繼續睡，堪稱睡覺能力者！看到她那可愛的樣子，反而更捨不得叫醒她了。你的女友可能也基於和我相同的理由，捨不得叫醒你吧！

想和你一起，

悠閒的迎接早晨。

珍藏了什麼樣的照片呢？

填入你的心裡話吧！

在幹嘛？

Today's Story
Yunny_

你好，我是平凡的23歲大學生！在我小時候，父母為了紀念結婚一周年，一家人去江邊露營郊遊。當時都還未滿周歲的我和媽媽在帳篷內睡得正香時，突然下起傾盆大雨，爸爸為了保護家人，整晚都不敢睡覺，用鏟子在帳篷周圍挖排水溝。現在看到當時的照片，抱著我的爸爸表情看起來真的好累喔！偶爾全家人相聚時，會像例行活動似的一起欣賞爸媽收藏的家庭照片，那時總會心頭一陣發熱。等到未來我也成家後，也要把全家每一個珍貴的瞬間都記錄下來，給我的孩子看。

我有一個叫成模的國中同學，他在手機還是黑白畫面的時期帶了一臺數位相機來班上。多虧成模用相機一一拍下同學們的照片，我們保存了許多珍貴回憶。每當同學之間聊起學生時期的往事，成模就會找出那時候的照片傳給我們，他的心意看似平淡無心，實則情深意重，讓人無限溫暖。

能夠一起回憶

那些共同度過的時刻，

也是一種幸福。

你有向誰告白過嗎？

填入你的心裡話吧！

Today's Story
Cocomong

我和男友交往前，男友剛到國外生活，某天我們就像尋常好友般在講電話，他突然笑著說：「秀賢啊，我們交往吧？」剛到國外居然就用電話向我告白……我們一起笑了好久。

我無法忘記那個瞬間，在那之前，我們一直游移在好友與戀人之間曖昧的界線，好不容易才終於交往。

男友說他以前就喜歡我了，卻一直害怕反而因此失去友情，直到出國後突然發現如果現在不說，可能永遠都無法表達心意。

所以，我們才能夠在一起。

面對愛情，需要一點小小的勇氣。正在看著這些文字的你也一樣！如果正懷抱著這樣的心意，就相信自己的感情，拿出勇氣試試看吧！說不定這個嘗試，會有令你驚喜的全新開始。

別再猶豫不決，

沒什麼大不了的，

鼓起勇氣吧！

覺得肉麻。

填入你的心裡話吧！

Today's Story
Norma

男友很擅長說一些肉麻話：「因為是妳才漂亮」、「因為妳可愛，什麼都適合妳」我原本都當作隨口說說的稱讚，不會特別心動，但某天我很好奇的問：「那些話你到底從哪裡學來的？」他一副理所當然的表情回答：「都是看到妳就自然冒出的想法啊。」我居然因為這句話而心動了！這種正面直球的告白，實在讓人臉紅心跳！

我和老婆剛開始交往時，她有一個很困擾的地方。只要我講話稍微肉麻噁心一點，她就聽不下去了，但我明明只是把心裡的想法說出來而已，她居然那麼無法忍受，實在讓我有點傷心^^

隨著交往時間變長，一起度過許多平凡的日常後，那種說話方式反而會讓人懷念吧。

某天，她假裝不在意的問：「為什麼你最近都很少說甜言蜜語了？像以前那樣說幾句給我聽嘛！」但我才說了一句，她立刻「呃」了一聲，枕頭就飛到我臉上了。

這是我們之間

才會說的話嘛 ^^

你是我的失眠治癒劑。

Today's Story
朴美景

我想起婚前第一次和老公一起去露營的故事。

我跟提議去露營的老公說：「可是我在外面睡不著耶，露營不是我的style啦！」雖然那樣撒嬌著試圖拒絕，最後還是出發了。

第一次露營是在江原道洪川的樹林，那天我其實有點害怕，天氣又冷，直到晚上都不停在碎碎唸。睡前我和老公跑到帳篷外，依偎在一起聊天，不知不覺的居然睡著了，連我怎麼進入夢鄉的都不知道！大概是敞開心胸待在心愛的人身旁，感到安心的緣故吧，只要待在信賴的人身邊，無論身在何處，都能感受到無比的溫暖和踏實。

只要心情覺得平靜安穩，即使在陌生的地方也能安然入睡。這就是「我的人」給我的感覺吧！

即使身處陌生的地方，

只要有你在。

就不會害怕，

因為你
就是你
永遠不會變

填入你的心裡話吧！

Today's Story
高恩

在我的相冊裡有一張去年拍的照片，恰好和這張圖一模一樣。我跟男友說玩完水後穿鞋，運動鞋好難穿喔，他馬上毫不猶豫的蹲下幫我綁鞋帶。看著幫我綁鞋帶的男友，覺得安心又感動，忍不住問他，就算時間過再久，也會對我這麼好嗎？男友說「當然囉」，聽到這回答的我實在太開心了，就用腳踢水潑了他，科科。

讓我決定要與老婆結婚的其中一個理由，就是我很確定和這個人在一起數十年，她也會始終如一。

老婆個性很ㄍㄧㄥ又有點冷冰冰的，剛開始戀愛時，幾乎不太會表達她的愛，現在和那時也差不多，幾乎都是我主動示愛。但從某一刻開始，即便老婆表現感情的方式很生澀，也會讓我感受到她真切的愛，雖然不常有也做不太好，仍盡力向我傳達她的感情，我覺得那樣就很足夠了。

只要有你在

就足夠了

初戀

Today's Story
韓璽

我們是同齡的高三情侶，在彼此都最忙碌的時期相遇，又讀不同學校，平常很難見到面。但每個禮拜一，男友一定會在校門口等我，即使吵架了也還是會站在同個地方等我。看到等待我的他，我總是很謝謝他專程跑來見我，他總會回答：「這是屬於我的幸福啊。」然後緊緊抱住我。

對考生而言，禮拜一意味著一週辛苦的開始，但對我來説，禮拜一成為一個禮拜中最期待的日子。

雖然這句話也難以充分表達我內心的感受，但希望我們不要忘記一起度過的每一個禮拜一，今天也很愛你喔！

我把妳的故事拿給老婆看，一邊感嘆：「我在高中時也能談場戀愛就好了，在那種情感爆發的時節談戀愛，會是什麼感覺啊？」

「談談看不就知道了。」

「但我讀的是男子高中啊。」

「我也是讀女校啊！會戀愛的就是會，是歐巴沒人要啊。」

「才不是！是我不談而已！」

想到我的學生時代就覺得惋惜，好想不用上補習班、很會運動、還能交一堆朋友，然後談場怦然心動的戀愛喔！這些都是不在那個時候就做不到的事啊，讀書、戀愛，想做的事都盡情去做吧！

年輕時，即便沒有談戀愛，

也曾深深愛過吧？

怦然心動，錐心刺骨，

最後大哭一場的那種。

什麼時候最讓你緊張？

>.<

填入你的心裡話吧！

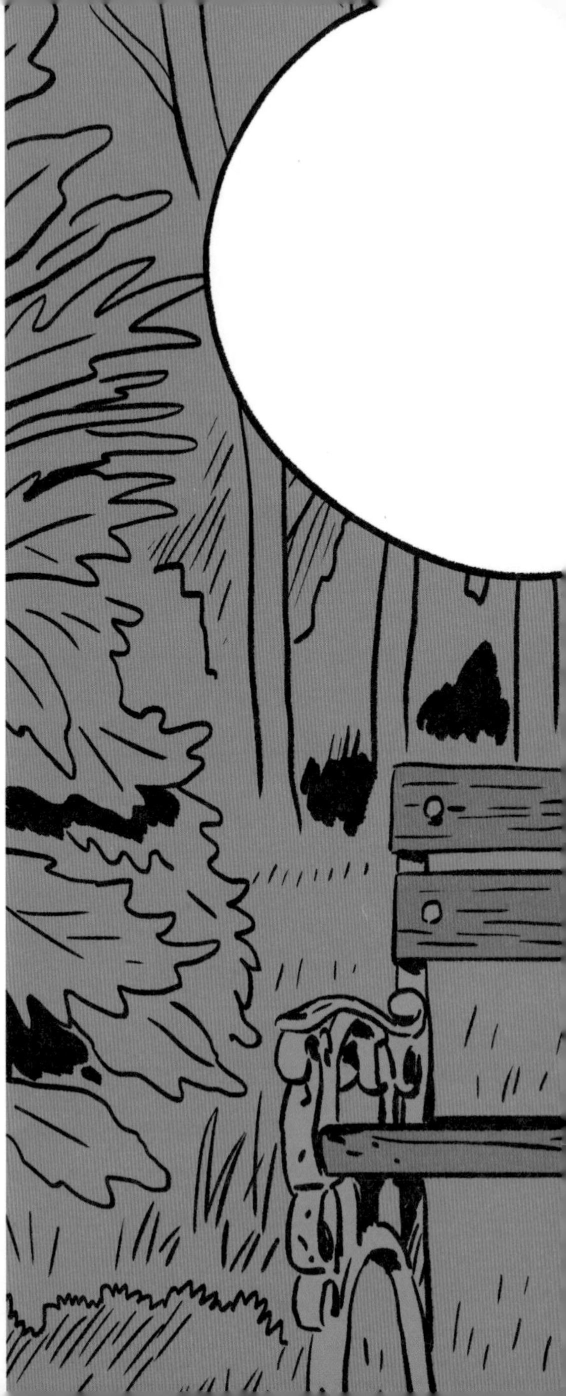

Today's Story
no

男友住在距離我家2小時的地方，但每次見面他都會來接我。捨不得道別分開時，我們都會到社區小公園散散步、聊聊天，一起吃吃冰。我開玩笑的說：「我媽常來這裡散步喔！」聽到這話的男友都會一臉緊張，真是太可愛了。哈。

呼～其實明天是我第一次要與男友的家人吃飯，緊張得睡不著覺，決定乾脆把自己弄漂亮一點，敷好面膜、躺著滑手機時看到了這張圖，根本就是在畫那張長椅、我家的小公園還有我男友！用一樣的姿勢坐在長椅上，觀察附近鄰居的眼色後再偷偷親我、抱我……

邊寫著文章，又好想他喔！哈～真害羞！

結婚前，每次去見老婆的父母，我都緊張得連飯是吃到鼻孔裡還是嘴巴裡都搞不清楚，用筷子時都只敢盯著自己的筷子看。其實平常我吃菜比飯還多，但他們總把飯盛得像座尖尖的小山。好不容易嗑掉那碗飯後，岳母馬上說：「哎呀～真能吃，再多吃點！」我也就不知不覺的回應：「請再給我一碗飯。」

雖然現在已經知道我飯吃得少，不會給我那麼多了，但每次去還是能感受到滿滿的女婿之愛，頂著飽嘟嘟的肚子回來。

對於將你帶來這世上的人

我充滿感激

2
갈아타

要不要去夜唱？

Today's Story
朴世美

我和男友已經談了2年遠距離戀愛，現在邁入第3年了。

去年冬天，在男友出國前一天，我們兩個第一次去了KTV。男友不但是音痴也毫無節奏感，仍很熱愛唱歌，唱起歌比誰都來勁，一連開懷熱唱了3小時。大概因為他是外國人，所以現在才懂得KTV的魅力。那天我們從KTV出來後居然還不想回家，吃了碗冰後又回到KTV，一直熱唱到末班車時刻！

我想，要不是真的很想很想唱歌，就是抱著希望飛機能夠延遲的奇蹟出現，就能和妳待在一起更久的心情吧。當突然意識到兩人又要拉開好長一段距離，又得各自過著不同的時間，我想你們會時常想起那個通宵熱唱的夜晚還有當時的心情，成為連接彼此內心的橋樑喔。

我的理想型——

我開口唱歌時

會在旁邊伴舞的人

今天有什麼不開心的事嗎？

Today's Story
Veronica

「好想吃零食喔。」這是我經常跟男友說的話。每當發生了什麼不開心或不如意，我總喜歡「用糖充電」，跑去便利商店買一大堆甜食。但這一切都比不上男友擔心的一句：「今天有什麼不開心的事嗎？」在那一瞬間，所有的不開心和不如意都會煙消雲散，

我很容易為了小事壓力很大、難過，在我們戀愛的3年中，他很了解我的性格，總是真心的鼓勵我，今天我又再次感受到男友的珍貴了！

果然在疲累時，最有效的充電方式不是甜食或酒精，而是一句溫暖的話啊！

你是我的

candy

身邊有一個對你好、不求回報的人嗎？

Today's Story
Sean

我是個正開始喜歡上某人的男子。因為很喜歡她，想為她做很多事，但她總是問我幹嘛對她這麼好，從來都沒有人對她這麼好，她覺得很奇怪……

每當她這麼問，我都很想大聲回答：「因為我喜歡妳啊！」但我明白話語的重量有多微不足道，才想用行動來證明，不希望輕易說出口的話讓她受傷，我想用行動讓她感受到愛，而不只是說100句空洞的「我愛妳」。

不是因為我做得好才去做，而是因為喜歡妳才這麼做——總有一天我會這樣告訴她吧？

你正處於活力十足的愛情萌芽階段呢！就連看到對方的一根頭髮都會覺得特別閃閃發光。愛情真是美妙，接受愛也很美，付出愛也很美，相親相愛的分享愛的喜悅是那麼美好的一件事。感受到被愛的人會很快樂，付出一切去愛的人也是！

真羨慕。

FAHRENHEIT
FAHRENHEIT

有一起分享過特別的禮物嗎？

填入你的心裡話吧！

Today's Story
金素妍

我是不擅於表達內心的個性，每次男友送我禮物，就算開心得快要哭出來了，仍不知道該如何確切表達我的感動。

所以我都會故意跟男友說：「漂亮吧？這是我男友買給我的喔！」

男友也懂我說這些話代表的心意，以及那些話語蘊含的感謝，總是輕輕摸摸我的頭。我想向總是主動先對很ㄍㄧㄥ的我表達愛意的男友說：謝謝你，我愛你！

男友一定很了解妳，只要看到喜歡的人的表情，也會知道對方有多開心，就算沒有特別說也一定能理解。不過，偶爾試著直接表現出愛吧！給對方一個意想不到的驚喜，他一定會很高興吧！

你不說

我也都懂

他身上有獨一無二的香味嗎？

填入你的心裡話吧！

Today's Story
李善亞

一看到這張圖就想到我和男友常發生的對話。男友身上其實沒什麼特別的氣味，但從某一刻開始，我很著迷於只有他身上才有的那個淡淡氣息，擁抱時就能聞到那個氣味。明明一開始和現在的氣味都一樣啊，卻讓我充滿安心感。現在我還會偷偷聞男友衣服上殘留的氣味，那真是比任何時候都讓我感到踏實。

我曾因為工作而短暫和老婆分開生活了一陣子，某次要洗衣服時，發現老婆週末來訪時留下的米色針織衫。雖然氣味很淡很淡，但那上面有老婆的味道，我很捨不得洗它，抱著針織衫好一陣子。
現在在我倆的小窩裡，老婆的氣味早已隨處可聞，當初那種失落感也就消失無蹤了^^

連你身上的氣味

我都喜歡

只要看著你

Today's Story
冬天

我們不像其他人那樣有什麼特別的故事，單純想分享我們的日常對話。
每次我親女友臉頰時，她總是開玩笑的說「不行！」表情實在有夠可愛。
不管啦，我就是想親～臉頰嘟嘟的好可愛，怎麼忍得住不親下去？

我有一個絕招，雖然覺得公開傳授有點可惜，不過還是告訴你吧！
首先，一起玩不能眨眼的遊戲；第二步，閉一下眼後再玩一次；第三步，讓她閉上眼、數到3再睜開；第四步，看到對方閉上眼睛的同時；第五步——啾！
這是我和老婆初吻時用的招，大成功！你們呢？

好想吻你。

光是抱著你就覺得好幸福。

Today's Story
李栗子

我們是正處於熱情如火時期的情侶（科科），最近快要結婚了。
其實我們兩個都喜歡裸睡，睡前也有必經的「儀式」嘛……;b
哪還需要什麼睡衣呢？哈哈。

因為天氣漸漸變冷了，所以選了個比較「有溫度」的故事（簡直「乾柴烈火」了吧）。
雖然不穿衣服很冷，但也許會因此變得更加溫暖，呵呵。雖然我是因為別的理由，呵呵。
其實我也滿愛脫上衣睡覺的，喜歡柔軟的肌膚碰觸到同樣柔軟的棉被的感覺。
真希望讓手腳冰冷的冬天可以晚點來啊。

總是感受到彼此如火的熱情嗎？

真是幸福呢！

現在，

也感受一下細水長流的深情吧，

那樣也很幸福喔 ^^

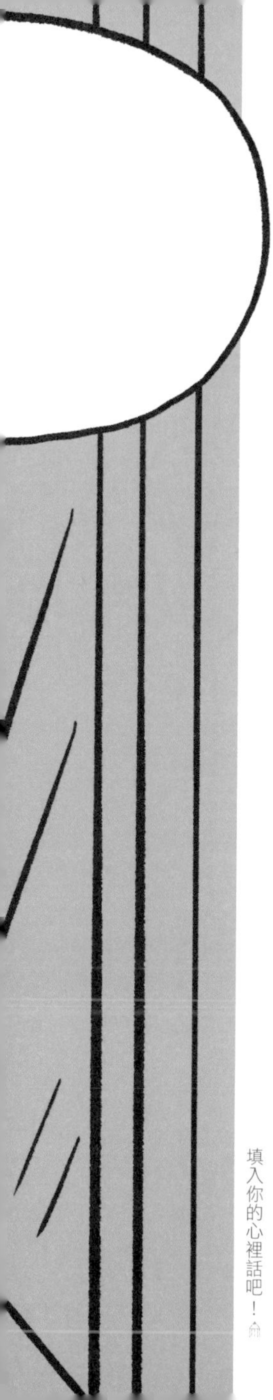

日常容易變得平淡，
所以更要過得不平凡。

Today's Story
李瑟綺

男友與我是遠距離，搭飛機需要飛10個小時，因為歐巴長期獨自在國外生活，對於能一起和交往對象做的事充滿許多「幻想」。現在我們無法在一起做很多事，所以他很愛描繪未來的計畫，像是：

「為了打破平凡的日常生活，用katalk決定晚餐菜色後，一起去超市買菜。」

「歐巴在午休時間來找我，一起去吃午餐。」

「躺下正準備睡覺，又突然跑出去散步。」

「去喜歡的咖啡廳，安靜的看書、聽音樂。」

分開了多久，就想膩在一起多久，想彌補那些時光的我們，會一起聊些什麼呢？

我們也許太過習慣幸福的存在了，漸漸忘記了彼此能夠走在一起，是多麼龐大的幸福。我們不該只為了生存而生活，要努力擁抱每一個活著的瞬間。

屬於我們的小時光，

會一直一直幸福的再生喔。

因為不知該如何傳達心意而煩躁嗎？

填入你的心裡話吧！

Today's Story
尹昭庭

男友是慶尚道人，原以為他一定是個只會回答「嗯」、「不是」的木訥性格，沒交往前還曾想過：哎喲，像他這樣愣愣的個性，跟他交往的人該怎麼辦啊？真是作夢也沒想到，跟他交往的那個人就是我！

我們已經在一起3年了，一開始那些無謂的擔心早就煙消雲散，他實在是個100分男友，給予我滿滿的愛。男友和我的好友們相處時，大家都對他印象徹底改觀，雖然彼此不太熟，卻都感受到他很愛我，我也非常幸福——這不就是世上最美好的戀愛嗎？

我也這麼認為喔！沒必要對別人的戀愛風格或生活方式指手畫腳，畢竟那是他們兩人之間的事啊，每個人的狀況、喜好甚至角色都不一樣，我們應該把握的不是「別人看起來覺得好的」，而是「真正感覺幸福」的戀愛吧。但光用文字和語言很難深刻了解彼此的心意，一定要更努力去理解對方才行。

只要我們喜歡就好。

誰要先用廁所？

Today's Story
j_j

因為實在太怕冷了，每天早上光是決定誰先去用那寒氣逼人的廁所，就是一場戰爭！

這麼一想，我每次都在廁所充滿熱氣時才進去呢。老婆要早起上班，總是比我先使用廁所。明明是個一到週末就拋下所有責任感、怎麼叫都起不來的人，平日一聽到鬧鐘響就立刻起床準備出門。
我從來都不知道早晨的廁所會如此寒冷，還以為廁所本來就那麼溫暖，頓時感到有點抱歉呢。

我們的空間，

充滿了我們的氣味和歲月。

睡前，你都怎麼道晚安？

填入你的心裡話吧！

Today's Story
chyun****

你好！我是個很平凡、正喜歡著一個人的男子。看到這張圖就想起之前和她的一段對話，所以寫下這段文字。
我們兩人住的距離非常遠，某天因為太想見到彼此，仍排除萬難的相見，雖然時間很短暫，卻是一次令我們難忘、開心又珍惜的約會。
每次看到遠距離情侶我都相當佩服，對他們的心情也感同身受。現在一邊寫著這些，一邊又想起她了。

我和老婆在大概7年前也有過類似的對話，像是完全忘記隔天要上班一樣，不顧一切的聊到凌晨還不滿足，最後直接衝去見她。
真沒料到自己可以為了一個人做到這樣呢。
雖然明天要早起上班一定很累，但想見面當然就要見啊！畢竟這一刻、這份感情，是錯過再也不會回頭的。

小小的安慰和溫暖的鼓勵
組成的每一句話，
對某個人而言，
是最珍貴的禮物。

晚間 RADIO

各自相異卻閃閃發光的每一刻

初雪落下的日子，
你第一個想起誰？

Today's Story
成為想念的人

這是一個文科女孩與理科男孩的故事。
我是工科生，知道如果天氣還算溫暖時就下了初雪，是很難有積雪的。但女友每次都説很期待看到積雪，我都開玩笑的説她是笨蛋，然後偷偷到樓下去把雪聚集起來，放在手心裡拿給她。
其實現在和她已經分手了，只是忽然想起這段往事。

下初雪了耶，真想看看積雪。
傻瓜，初雪是不會積雪的。

DJ grim_b

初雪總是特別令人感動，會沒來由的從心底湧上一陣酸楚。大概是因為初雪只要一碰到地面，就會融化、消失不見，那景象引人嘆息，消失的雪花，彷彿在心中某個角落堆積起了萬年雪。
在心中堆積的初雪會懷念很久很久，悄悄放在心底，偶爾想起時拿出來回味一下，再趕緊放回原本的位置，以免拿出來的瞬間，就像初雪般融化得無影無蹤。

想和你一起漫步，

沙沙，沙沙，沙沙——

你走在前面，

我踏著你踩出的每個腳印。

就算氣你氣得要死，
還是很想見你。

Today's Story
annika

男友是醫大生，平常都忙著實習、值班，不但很難見上一面，連說一下話的空也沒有。有時好不容易終於能見一面，通常也會有那麼一次在拌嘴。

明明不知道下次何時才能再見，其實很想好好把握寶貴的時間，卻常還在氣頭上，拉不下臉來。但我知道，心中有一小部份對男友的愛在暗暗騷動，很想牽牽他的手，所以只好假裝拗不過他的說：「不能讓你牽整隻手，但允許你牽1根手指頭！」

看了這次的故事，發現大家都各自有和好的方法呢。一邊讀也一邊自我反省，最後不禁笑了出來^^

只要仔細聆聽內心的聲音，就會知道心裡渴望的和表現出來的大不相同，感性比理性更強烈，那就是愛的證明。其實我們哪有什麼特別的和好祕訣呢，只是雖然氣得要命卻也非常相愛而已啊！一切的一切，都是因為我們深愛著。

除了愛你，

我什麼都不懂。

心情悶悶的時候，
該怎麼辦？

Today's Story
YooN

我為了找工作而心情低落，打給男友時，一聽到他的聲音，就好像心底的開關被觸動，所有的悲傷瞬間爆發，大哭了一場。男友以為我發生了什麼事，著急的跑來找我，我只是哭著說：「嗚嗚嗚……好想你嗚嗚……」
原本一臉焦急的男友終於搞懂狀況後，露出鬆一口氣的笑容，輕輕拍著我的肩。雖然他沒說什麼，卻溫柔的撫慰了我。男友和我一樣也在找工作，所以有許多難以和媽媽、朋友訴苦的話，面對男友時更容易放鬆的發洩出來。
溫柔安慰我的男友還有我，今年一定會順利找到工作的！

一定很辛苦吧，日復一日的追尋，卻難以看清前方的路。但是別擔心，雖然現在一時還找不到方向，但只要慢慢前進，一定能漸漸走上屬於你的花路^^。

其實，這也是我很想聽到的一句話，生活在這複雜的世界，我們都真的辛苦了！
變幸福吧～變得更幸福吧～要試試看我的幸福特調嗎？

沒問題，會好的。

Hakuna Matata.

想要依賴一下某人的日子。

Today's Story
yu mi

我是個性內向的人，比起向其他人訴說自己的想法，我更習慣把事情藏在心底，很少說出口。和男友相處時我也喜歡打鬧、開玩笑，很少有真摯聊心事的時候。

某次爸爸的忌日，和家人吃完飯後，我無所事事，就去找男友。沒想到一看到他，我突然放聲大哭。男友不停安撫崩潰的我，等我冷靜一點後，我告訴他：「其實我一點都不好，實在好累……」我把一直藏在心裡的話一吐為快，男友只是在一旁默默聆聽，並且從頭到尾都緊緊握住我的手，最後給了我一個溫暖的擁抱。

他的舉動讓我好感動，我告訴他，以後一定會對他更好！

爸爸去世已經9年了，直到現在，每到他的忌日，我還是會很低落，不過只要想到有個人很在意我的心情，有個人會一直等待著我，心裡就會非常踏實。

我的外公忌日也快到了，外公生前我很少去探望他，原以為我與他的共同回憶不是很多，不過外公過世後，許多與外公的回憶卻一個個湧上心頭：一起抓蚱蜢，很愛摸摸我的頭、稱讚我乖巧可愛的外公，現在已經不在了。

我想真心就是這樣吧，付出得越多，就會變得更加寬廣。

我的肩膀，永遠借你靠。

要是沒有你，我該怎麼辦？

Today's Story
寶賢

在男友即將入伍前的我的生日，男友送給我一個和我差不多大的熊熊玩偶。男友說，要我把這個熊熊玩偶當成他，聽到他這樣說，我立刻哭了出來。

我們原本每天可以一起入睡、一起睜開眼睛，現在男友的位置就要被一隻連話也不會說的熊熊玩偶替代，一想到這，我的眼淚就流個不停。

距離他入伍已經過了半年，雖然男友還不能回到我身邊，但抱著熊熊玩偶時，真的有種男友還在我身邊的錯覺，幸虧如此，才得以安穩入睡。

雖然我滿喜歡獨處的，但偶爾在空蕩蕩的屋子裡說話或走動時，會特別感受到「只有我一個人」的感覺。即使擁有一個能說說話、依靠的兄弟姊妹，那種安心感就非常強大了，更何況心愛的人不在身邊，他所留下的空白一定巨大得難以忽視。

比起一個人獨處，更喜歡擁有能一起分享心情的伴，他的存在感有多強烈，就代表他不在身邊的孤單感會有多深刻啊。

擁有能分享一切的人，

是世上最美好的事。

有個只要一想起，
眼淚就會奪眶而出的人嗎？

從你和
作者
裴城太
最想與深愛
的他一起看
的書！
超級暢銷書
Fantastic! Spectacular!
OMG! Unbelievable!

Today's Story
媛律

距離男友突然出國留學，已經過了一年。只要和他聯絡就會更思念、更傷心，所以這段時間我刻意不去想他。上週我們相約在一年前一起散步、聊天的地方見面，原以為這一年來，我已經忘記孤單、適應了沒有他的日子，但當我等待著一年前那班熟悉的公車時，男友就像以前那樣把溫熱的雙手摀上我冰涼的耳朵，看到他，我的眼淚也奪眶而出。

原來我一直都在忍耐，原來我是那麼思念你……現在的我，好想念又再次離開的男友。

當距離拉開時，原以為心也會因此疏遠，其實有些時候，心與心會更加靠近。所以，更要懂得觸碰彼此真心的方法啊。

好希望你能出現，

溫柔的包覆我孤單的背影。

填入你的心裡話吧！

Today's Story
Nicesome

一個平時非常要好的男性朋友向我告白，在那當下，我的腦海中瞬間想起那句話──「男女之間沒有純友誼」。我也很喜歡他，但並不確定那是對異性還是對朋友的喜歡，也很困惑他的告白到底是不是真心的。有相聚就會有別離，這是不變的法則，與其成為我的男友，當我最好的男性朋友應該更長久吧？這麼說來，也許我一直都自私的只考慮自己的立場。
他似乎感受到了我的遲疑不前，於是仍一如往常般以朋友的方式相處。他總在我傷心時第一個安慰我，我開心時比誰都替我開心，陪我度過人生的每一個重要時刻。我們會永遠都支持著彼此，他是我最珍惜、最好的朋友。很感激他，也很抱歉，無法用相同的心意回報他。

我也有個非常要好的異性朋友，和她從一開始就相處得十分融洽。身邊的人反倒替我們擔心，若只有一方對另一方抱持好感，可能就很難繼續當朋友了。但真正的好朋友是不應該區分同性、異性的，而是在彼此給予的鼓勵與安慰中，一點一滴累積起情份，那才是最珍貴的啊。

能清楚確定關係，

也是一種幸福吧。

下雨的那一天，
我們做了什麼呢？

填入你的心裡話吧！

STAND BY ME

Today's Story
素妍

記得某次，我們約好一起去看電影，卻遇上了颱風天，兩人只有一支雨傘，在雨中各自淋濕了一邊的手臂。這時聽到後面有一個奶奶突然說：「都淋濕了啊，兩人要再靠近一點才行啊。」我們聽到後，偷偷看著對方的神情，最後男友終於率先摟住我的肩膀，在那瞬間，我的心狂跳不已。

現在只要遇到下雨天，就會跟男友說「那時我的心跳真的好快喔～^^」那天我們兩人都心跳直線加速，以至於在回家的路上，都緊張得說不出話來。

和老婆剛交往的某個炎熱的夏天，我買了瓶冰涼的水，我是只要一緊張手就會瘋狂流汗的體質，手上拿著冰水瓶比較看不出來。明明心裡已經七上八下，表面上仍泰然自若的先牽起老婆的手。原本打算先問老婆能不能牽她的手的，但實在太緊張了，先牽了手後話才問出口。

幸好老婆比較喜歡不要問就直接牽的 Style，運氣不錯^^

牽起手的那瞬間，

心跳直線加速。

嗯……

現在是我們必須道別的時刻了。

Today's Story
閔真伊

我們是交往4年的遠距離情侶，直到現在還是難以面對離別。看到這張圖就想到大概去年，男友離開前，我們坐在首爾站停車場旁的小巷子裡聊天的情景。
在首爾站陪男友等末班車，才發現和我們一樣的情侶很多，原來不是只有我們，只剩下短短的時間能相處，卻還有好多話想告訴對方，許多情侶就在手扶梯前用依依不捨的眼神道別。
末班車出發前，我都不知道在男友面前哭了幾次，男友總是安慰著要我別哭了，下次見面前要好好忍耐喔。我應該是想到以前一起放學回家時總說「明天見」，畢業後卻變成「下次見」……那突然拉大的距離讓我眼淚直流。
現在仍會覺得好空虛難過，但比起戀愛初期已經少流很多淚了。最近男友還會開玩笑的問我是不是變心了，怎麼都不哭了？
談遠距離戀愛很辛苦，但現在我對彼此的信心更堅強，只要心與心更靠近，再大的問題都會迎刃而解！遠距離情侶們，一起加油吧！

我很能理解等待末班車的情侶的心情呢。每當火車開動，包含我在內總會有幾個人開始跟著火車小跑步，那同時起步的樣子還挺可愛的，哈哈。
當火車走遠，大家就會停下腳步，一起走上離開月臺的階梯，那時還對彼此產生一種微妙的同伴感，直到現在還記憶深刻。

掰掰！

很快會再見的！

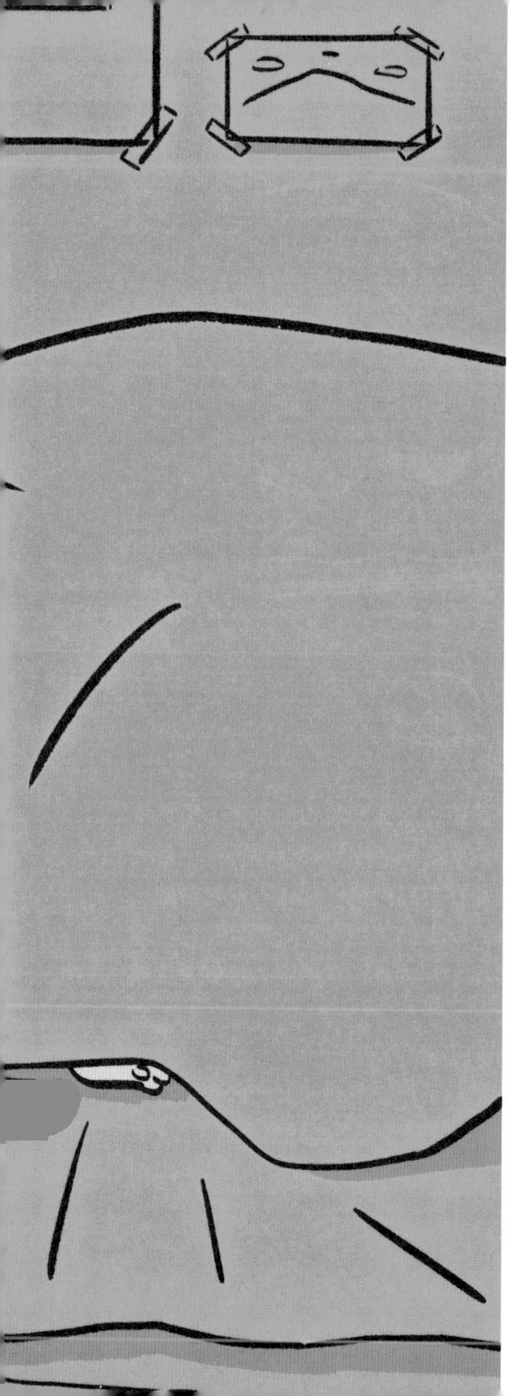

就是好想知道，
你在做什麼？

填入你的心裡話吧！

Today's Story
enni

最近我有一個很喜歡的人，已經很久沒有萌生過這種感情了，內心有點慌亂。我不想讓對方看穿我的心意，以免自己先受了傷。

實在太想了解她的一切了，她喜歡什麼、討厭什麼？又是怎麼看待我的？真的好想知道喔。我思考著自己的每一句話、每一個動作，這樣做能不能更靠近她一些，猶豫著該不該打給她，好想知道她現在正在做些什麼……

在這寒冷的冬天，聖誕節就要到了，要是能變得更溫暖一點就好了。

我和老婆第一次見面時也很緊張，還把所有與她的聊天對話紀錄都儲存下來。當然這行為實在有點肉麻，我也不敢告訴她。不過看到所有的對話文字、照片存在一個資料夾裡，我才真正意識到：這就是我們的起點啊。想起我們聊天的那些時刻，內心激動澎湃得睡不著覺。

也許就是為了再次回想起當初的心情，才會更想一直珍藏著那些美好回憶吧。

那樣的心情油然而生。

當時的我們都還不知道，

後來會走在一起，

也不知道，

現在會忘了一切。

內心感到前所未有的空虛，
如何是好？

Today's Story
金素熙

你好！我是20歲的大學新鮮人，雖然再過一個月就變成舊生了，但還是很青澀啦！上大學後，我為了不向父母伸手拿零用錢而打了兩份工，雖然身體和心理上都滿累的，但看到薪水入帳時，我就像想在下雪天裡興奮奔跑的狗狗般幸福，也就無法狠下心離職啦，哈哈！

每當打工結束，在回家的公車上，我總是讓自己腦中填滿「好餓喔」這句話，因為如果腦袋不小心放空的話，就會有很多現在在意的事浮上心頭：身體不好的爸爸，當兵中的男友，大概會死當的學分……關於未來的不安感洶湧而至，讓我沒有喘息空間，心情也瞬間變得憂鬱……

所以，倒不如望著窗外，幻想一下喜歡的食物，不知不覺就到達住處了。雖然那裡沒有人會為我等門，但洗完澡後躺上舒服的床，我會想著：「今天也平安度過了，明天也要加油！」結束這一天。

想著愛吃的食物，來為辛苦疲倦的一天畫下完美句點，很不錯吧？我的青春，fighting！

好想為你端上一碗裡面放著一顆顆圓滾滾牡蠣、熱騰騰的鮮蚵湯飯喔！讓溫暖的高湯浸潤你疲勞的身體各處，一定會忍不住感嘆：「啊！真棒！」

好吃的美食會讓心靈也感到滿足，可是，一旦被忙碌的日常束縛，吃飯就很容易隨便解決或是乾脆餓肚子吧？無論如何，留給自己一段好好吃飯的時光吧！這是為了讓自己疲累的心能不自覺的發出感嘆：「啊！真棒！」

我們今天一起去吃好吃的，

好不好？

某個嘴很饞的冬天……

Today's Story
鄭真旭

我們交往後的第一個冬天，我發現妳很喜歡吃路邊攤魚糕。因為每次經過路邊攤，妳的視線就會被魚糕給吸住，吃魚糕時兩頰也總是塞得鼓鼓的。
現在成為超級遠距離情侶的我們，一個在澳洲，一個在韓國。韓國現在變得好冷呢，真想和妳一起在路邊攤吃辣炒年糕配魚糕，呼嚕嚕的喝口熱湯喔，好想妳！

喜歡上一個人，也會連帶喜歡他喜歡的一切，那種感覺很不錯呢。我不喜歡的東西如果她喜歡，我就會重新審視；在名為「我」的畫布上，漸漸染上名為「妳」的色彩；就這樣，兩人逐漸變得越來越相似、越來越契合。
只因為一個人，音樂的品味，看見的風景，感受的時間都會重新建構，是不是很神奇呢？

就像是只為我準備的禮物

微小的一切都變得巨大

連連那些平凡的日常

也變得特別的

這瞬間

—— MeloMance〈禮物〉

你以前是個怎麼樣的人呢？

Today's Story
ppol

那時還以為「10年後」是很久以後的事，現在卻早已經過了10年。現在當然也過得不錯，但若能回到過去，還是好想再穿上校服，過著和朋友一起去圖書館唸書、聊天打鬧的時光喔。

10年前的我正在當兵，説了你可能不信，但我也滿想回到過去、見見那時的同袍和前輩呢。
曾經如此艱辛的時光，為何隨著歲月流逝而成為值得懷念的時光呢？也許是因為此刻10年後的我，能笑著回顧當時的我，在無形中生出勇氣的關係吧！

你心底也有個只要想起，

就會不自覺揚起嘴角的回憶嗎？

現在成為大人了嗎？

填入你的心裡話吧！

Today's Story
朴世恩

最近真心覺得疲累，必須一直在心底告訴自己「我要成功」更是令人煩躁！我自認為還處於不太算是大人的22歲，真正的大人們卻經常對我疲勞轟炸：「什麼時候要找工作？」「要考公務員嗎？」「要不要去報名護理科？」

我的夢想是成為PD，不是像羅暎錫、金泰浩PD那樣，我更想進入比較小的多頻道聯播網，做自己想做的節目。

難道比起夢想、幸福，金錢更重要嗎？那個工作真有那麼困難嗎？為什麼就是認為我做不到呢？我自認個性算是正面積極，但看到身邊人的反應，我也漸漸失去動力……所以最近總是很想逃，想逃去一個能讓我暢快舒展心胸的地方……

每當感到鬱悶或疲累時，我會想看海。考完大學時，結束去外地拍攝的行程後，我都會去海邊走走，看到大海，就覺得煩悶的心被打開。為了治癒內心的煩憂，我想，今年應該也會去海邊吧！

我真的能達成那個看不見盡頭的夢想嗎？

當然囉！因為是我啊！

如果開始會瞻前顧後，就代表你成為真正的大人了。成為大人就必須肩負無數的責任，談論夢想似乎成為一種奢侈，但我認為「夢想」這種東西，只有敢於去夢的人才能實現，無論你想做什麼就盡情去做，享受過程的幸福吧！我期許你會在某個瞬間發現，夢想已經悄然而至。

你就是你！

做你想做的吧！

我們的最後，會是什麼模樣。

填入你的心裡話吧！

Today's Story
D33

雖然談過幾次戀愛，但這段關係是我經歷最多爭吵的一次，曾經吵架吵了6個小時之久，每次吵到最後，兩人的結論總是「因為還相愛，我們就再試看看吧」。
當然在一起的開心時刻也有，會笑得停不下來。我們也曾擁有那些美好時光啊，只要再更努力就可以了吧？懷抱著這樣的希望繼續交往，現在終究是走到了盡頭……
畢竟曾一起牽手走過一段，也很苦惱該如何整理這段感情。不管怎樣，我們都盡力了，能一起走到這裡，我滿懷感激。

彼此努力過就夠了，沒有什麼會永遠不變的。
雖然曾經盼望，我們永遠是我們。

分離也許早已註定。

我們相愛的那些時光。

Today's Story
尹曉靜

今年和男友一起度過了如禮物般珍貴的新年！
我們一起慶祝了交往100天、200天，最近剛度過交往600天紀念日，我對他說：「謝謝你一直陪伴我，未來也請多多指教！」每當對於身邊的存在開始理所當然，開始忘記那是多麼珍貴的感情時，這些紀念日等於再次提醒了我，有多麼感激男友陪在我身邊，以及他有多重要。
希望我們未來一起度過的更多日子，不要被日漸平淡的乏味淹沒，而是用越來越多的愛填滿！

即便是愛情，也不會無時無刻都閃閃發光。等到對彼此感到激動又熱烈的熱戀期過後，愛情會開始悄悄褪色，激動變成安定，火熱的溫度逐漸降低，但這時我們更要凝望對方，努力畫上屬於我們的色彩。
曾有人說，愛情有保存期限，但是愛的保存期限，可以因真心而無限延長啊。

愛也許會轉變為其他型態，

但我們在一起的那些時光，

是永恆。

深夜 RADIO

想起你的夜晚……

你曾經為了誰
寫下過什麼嗎？

Today's Story
JC

我平常就喜歡隨手寫寫字，通常都會寫一些短詩或短文，喜歡上那個人後，就開始寫想到她的一切，以至於現在我的文字，都充滿了她的色彩。
要不是因為她，說不定我也不會成為寫那麼多的人吧。

我從小就喜歡畫畫，很想嘗試畫看看我喜歡的漫畫。其實我大學學的就是漫畫，不過知道自己沒什麼說故事的才能，就放棄了。直到遇見老婆後，我的作品才開始有了故事，是她的存在，讓我產生無止盡的靈感。
即便這個夢想需要才華支撐，過程也很艱辛，但我覺得能做自己喜歡的事、感受到幸福就足夠了。

寫著字時

若感到很幸福

那就足夠了。

偶爾也會有感到茫然的時候。

填入你的心裡話吧！

當時的你一定感到很孤單、很辛苦，雖然不能完全了解那種感受，仍很能同理你的心情，絕對非常難熬。

即便你堅持了那麼久，而且讓內心變得更堅強，但我明白那些傷害和記憶是難以抹滅的，即便時間多少能治癒傷口，也會突然感到痛苦。

但你已經不是以前的你，你變得更勇敢強大了，未來也會如此，現在是時候平靜的拋下那段過去，迎向璀璨未來吧！

Today's Story
Buckybear

幾年前，我曾去日本交換學生，當時還只是高中生，很多事情不能做，不過仍是個很棒的經驗。那段日子原本過得滿開心的，直到一起住在宿舍的韓國同學們開始排擠我為止。

當時的我痛苦得受不了了，實在不想再待在那個地方，可是韓國、日本的老師都不願讓我回國，似乎是覺得我被霸凌的事會讓學校蒙羞吧。那真是一段痛苦的日子，流了好多眼淚，卻也因此讓我變得更強大，對於當時能夠堅持下來的自己，我充滿感激。

會有那麼一天，

此刻的傷痛將成為

不經意想起的往事。

想哭的日子。

Today's Story
Song

我在工作上出了包，一大早就不停被罵，自己也覺得自己好笨，但就算超級想哭，還是得強忍眼淚繼續上班。艱辛的度過上午後，午休時間我獨自在休息區打開便當，眼淚終於再也止不住的撲簌簌流下來，一邊哭一邊吃著午餐，這就是我今天悲慘的遭遇，這張圖實在太符合我的心境了。

今天的自己實在是有夠笨，不過也是我沒有做好，才不能守護自己，以後要更愛自己一點才行。

愛自己是一件很難的事，我們在安慰身邊的人時總是特別寬容，卻很難用同樣的眼光看待自己，只要稍微脫離既定的目標就會不斷逼迫自己。

如果只關心未來、不在乎當下，很快就會感到厭倦，如此一來，激勵內心就變得很重要。暫時停下來想一想：我想要什麼？我想做什麼？

傾聽內心的聲音吧！我決定今天要更愛自己一點！

因為我是很珍貴的。

媽～

Today's Story
Wongi

只要遇上軍隊放假外宿，穿上擦得閃亮亮的戰鬥鞋走出部隊，就會突然下起傾盆大雨，屢試不爽。即便如此，時隔好幾個月終於能呼吸到外面的空氣，我仍興奮得腳步輕盈，就算鞋子沾滿爛泥也無所謂。

外宿那天，我和許久不見的家人一起吃了頓飯，還跑去美術館，時間咻一下就過去了，實在是意猶未盡。當晚，我們一起在部隊附近的旅館過夜。睡到半夜，我發現鞋櫃那邊的燈一下開一下關的，悄悄到玄關查看，發現媽媽正在擦拭我的戰鬥鞋。原來她是擔心兒子穿髒兮兮的戰鬥鞋回部隊會被長官斥責，又怕吵醒兒子，於是在黑漆漆的夜裡，憑借鞋櫃感應式的微弱燈光，沾濕了手巾在擦那雙髒鞋。我的眼淚瞬間就飆了出來，又怕被媽媽看到，只好偷偷回到棉被裡哭。

那大概是我人生中最強烈感受到「愛」的瞬間了。

想起我的軍隊外宿回憶，內心也充滿歉疚。

當兵時期的我很不懂事，總讓住在很遠的父母千里迢迢跑來江原道仁濟，只為見上兒子一面。我卻只知道開心的吃完父母帶來的一大堆食物，打完招呼後，就拋下父母、跑出去跟朋友玩了。畢竟當兵放假時想做的事情太多了！恣意的喝酒、去網咖打電動……等把想做的事情都做過一輪，時間也已經來到晚上，結果和父母見面的時間根本沒多少，就得回部隊報到。

雖然如此，父母從來沒有生氣，現在終於能夠了解他們只想見上兒子一面的心情，如果可以，真想狠狠打當時的我的後腦杓啊。

父母還在身邊時，對他們好一點吧。

否則以後一定會後悔的。

你
過得好嗎？

填入你的心裡話吧！

Today's Story
raleshea

一上大學後，我幾乎是毫無喘息空間的開始打工，每當打工結束，坐在等待回家公車的站牌時，心中都會湧現這種想法：身邊的朋友都在忙著實習、累積經歷，我努力生活的程度也不輸朋友們，為什麼總有種落於人後的感覺？
辛苦工作了一天，挫折感卻像雪花般緩緩堆積在心頭。每天心煩意亂著：我真的能實現夢想嗎？
終於，我錄取了夢想的研究所，用我一直以來存的打工錢繳了學費。我也曾徬徨，去那裡真的好嗎？經濟上可能會很吃緊，現在得更用力賺錢才行……真的沒問題嗎？但在種種不安之中，也看見了我未來的道路，我會更努力的！

基本上我的不安感都是「比較」而來的，也就是感到我的人生節奏和其他人不一樣時，只要沒辦法按照普世標準，就會很不安。
但此刻我所走的路是我自己選擇、經歷的，達成目標的方式當然也會和別人不同。我想給生存在這競爭激烈的社會的大家，一些安慰與鼓勵：「今天辛苦了，你一直都做得很好！」

沒問題的，

你已經做得很好了。

哪裡有屬於我的特別計畫呢？

Today's Story
在未來等你

我是個大學生，剛結束一段不長不短的戀愛，談戀愛時週末都會出去約會，現在只能孤單憂鬱的一個人待在房間。
明明以前單身時，週末也都排滿了各種計畫，現在卻想不起來都做了些什麼……啊，好無聊～好煩悶～這都是因為我的週末曾經只被她填滿吧。
分手後獨自坐在房裡胡思亂想，才發現我實在太過依賴別人、太不懂照顧自己了。
我決定，這個週末我要去看電影、找朋友玩，戰勝內心的悲傷！把自己拽出家門，好好運用時間，如此才能有所成長啊！

我對於「不懂得照顧自己」這件事很有共鳴，要是太過配合對方，最後很容易失去自我。記得重拾一直被忽略的自己，漸漸你會再次懂得享受屬於自己的時間，一定很快就能做到的。

找到一個

不為別人

只屬於我的完整片刻

這世上真有所謂「美好的離別」嗎？

Today's Story
khskhs***

由於我的自私，我和她終於迫於現實而分手。那不是一個美好的離別，即使我們非常相愛，卻遭到家人反對，導致兩人經常爭吵，久而久之雙方都身心俱疲。
彷彿不久前，我還信誓旦旦的說「愛能戰勝一切」，但那熱情早已消失無蹤，被想乾脆結束這一切的心情取而代之，才會走上離別一途。她也明白我想分手的心情，因為她也心知肚明，家人的阻擋難以克服，爭吵也將持續不斷。
想起我們心平氣和談分手，為這段愛情長跑畫下句點的那天。我們只能望著彼此不停哭泣，相愛卻要分手明明是電視劇才會有的劇情，一直以為彼此是對的選擇，卻沒想到還是走到了這一步……呵呵……
我們為彼此加油，期許各自的人生過得更好，相互道別。很多與她的回憶，現在已經記不太清楚了，我想這就是時間的力量吧，但希望她過得好的心至今未改。
久違的想起了與她的回憶，在這寒冷的冬天，感到溫暖起來。

在收到的故事中，像這樣迫於現實與周圍的人影響而分手的例子實在非常多。就像打碎的花瓶即使拼回原狀，也再不是原本的花瓶。也許拚命修補不斷受傷害、疲累的心，終究只是在逃避面對彼此內心的破碎罷了。

即使離別不夠美好，

我們的人生

還是必須繼續走下去。

還記得那些感到前途茫茫的時刻嗎？

填入你的心裡話吧！

Today's Story
李賢景

我是個23歲的社會新鮮人，從小到大，父母總在我耳邊說當公務員最好，但我不是讀書的料，在不斷的強迫與壓力下，常常很懷疑我的人生到底正不正確，才發現我連我想要的是什麼、想做什麼、夢想是什麼都不知道。

朋友們一個個都找到自己的夢想，畢業後找到工作，朝自己的目標前進，讓我總是在朋友面前故作開朗，什麼都做不好、總是原地踏步的我，覺得自己好沒用。

結束一天回到家後，我會獨自坐在窗邊看著自己的影子嘆氣：「你長大後會變成什麼樣子？你擅長的到底是什麼？」看到這張圖，彷彿看到了自我貶低、無法向別人傾訴苦惱而暗自傷神的我，於是一字字寫下我悲慘的心情。

這是我第一次暢快的說出自己的心聲，說出來後，覺得心情好多了。

很感謝妳毫無保留的分享自己的心情，如果不曾經歷那種看不見未來的茫然，絕對無法理解的，但我覺得，不了解自己的夢想和想做的事，從另一個角度來看其實相當自然，人生就是為了去尋找它們而存在的啊！

請聆聽自己的內心，從黑暗中尋找微小的光亮，現在所有的掙扎都只是個過程而已，說不定會比想像得更快找到喔！不過，人生一定會不斷遇到各種困惑，千萬不要畏縮，只要像現在一樣各個擊破就好，加油！

Fighting！

CRACKER的歌，〈我曾是你〉。

Today's Story
金志安

分手時，我沒有哭，只是魂不守舍的發呆，愣愣的想著我現在是傷心、空虛還是感到暢快？連自己都難以分辨，最後才明白，分手最難過的是發現曾經共有的時光，曾付出的心意全都消失無蹤，那無限的虛脫感。
在那段時光裡，她是唯一擁有我的回憶與真心的人，卻從此遠去，我失去了懂得那顆心的主人。

失去主人的心會去哪裡呢？該不會嘩啦啦的就消失了，或是就這樣被流放到某個不知道的黑暗遠方……

給你的那些心意

想要全部收回的

那些夜晚

—— CRACKER〈我曾是你〉

我們的未來會如何？

grim

Today's Story
EYE CANDY

這張圖讓我想起正在美國實習、前陣子短暫回國相聚的男友和我。
我吵著要被打包成行李一起讓他帶走，說著說著就哭出來了，雖然已經送他出國三次，每次送機都還是像第一次那樣難以習慣。這就像送他去當兵三次吧！
不過，現在等待終於到了盡頭，下週男友就要回來了！

愛，就是即便相隔數千公里，仍能感受到彼此，即便兩人的時空橫亙著無數個小時，依然能堅定等待。
愛會給予你努力生活的動力，讓你期許明日的到來，讓你只會為了在心底一直掛念的那個人而感到失落，也同樣只因那人，揚起嘴角的微笑。
對他來說，對妳而言，你們就是彼此的那個人。

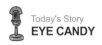

「分離」

是讓「再會」更具意義的

另一個名字

我們一起，填滿愛的空白格／裴城太 著 . YTing 譯 . -- 初版 . – 臺北市 : 時報文化，2019.10；面；17 × 18.5 公分 . --（Fun：064）
ISBN 978-957-13-7939-5（平裝）

862.6 108014050

ISBN 978-957-13-7939-5
Printed in Taiwan.

Fun 064

我們一起，填滿愛的空白格

나의 빈칸을 채워줄래요?

作者 裴城太｜**譯者** YTing｜**主編** 陳信宏 ｜ **副主編** 尹蘊雯｜ **封面設計** FE設計｜**董事長** 趙政岷 ｜ **出版者** 時報文化出版企業股份有限公司 10803 台北市和平西路三段240 號 3 樓 發行專線—（02）2306-6842 讀者服務專線—0800-231-705・（02）2304-7103 讀者服務傳真—（02）2304-6858 郵撥—19344724 時報文化出版公司 信箱—台北郵政79-99 信箱 時報悅讀網—www.readingtimes.com.tw 電子郵件信箱—newlife@readingtimes.com.tw 時報出版愛讀者—www.facebook.com/readingtimes.2 ｜ **法律顧問** 理律法律事務所 陳長文律師、李念祖律師 ｜**印刷** 詠豐印刷有限公司 ｜ **初版一刷** 2019年 9 月27日 ｜ **定價** 新台幣 420 元 ｜（缺頁或破損的書，請寄回更換）

時報文化出版公司成立於 1975 年，1999 年股票上櫃公開發行，2008 年脫離中時集團非屬旺中，以「尊重智慧與創意的文化事業」為信念。